기획의 말

그리운 마음일 때 'I Miss You'라고 하는 것은 '내게서 당신이 빠져 있기(miss) 때문에 나는 충분한 존재가 될 수 없다'는 뜻이라는 게 소설가 쓰시마 유코의 아름다운 해석이다. 현재의 세계에는 틀림없이 결여가 있어서 우리는 언제나 무언가를 그리워한다. 한때 우리를 벅차게 했으나 이제는 읽을 수 없게 된 옛날의 시집을 되살리는 작업 또한 그 그리움의 일이다. 어떤 시집이 빠져 있는 한, 우리의 시는 충분해질 수 없다.

더 나아가 옛 시집을 복간하는 일은 한국 시문학사의 역동성이 드러나는 장을 여는 일이 될 수도 있다. 하나의 새로운 예술작품이 창조될 때 일어나는 일은 과거에 있었던 모든 예술작품에도 동시에 일어난다는 것이 시인 엘리엇의 오래된 말이다. 과거가 이룩해놓은 질서는 현재의 성취에 영향받아 다시 배치된다는 것이다. 우리는 현재의 빛에 의지해 어떤 과거를 선택할 것인가. 그렇게 시사(詩史)는 되돌아보며 전진한다.

이 일들을 문학동네는 이미 한 적이 있다. 1996년 11월 황동규, 마종기, 강은교의 청년기 시집들을 복간하며 '포에지 2000' 시리즈가 시작됐다. "생이 덧없고 힘겨울 때 이따금 가슴으로 암송했던 시들, 이미 절판되어 오래된 명성으로만 만날 수 있었던 시들, 동시대를 대표하는 시인들의 젊은 날의 아름다운 연가(戀歌)가 여기 되살아납니다." 당시로서는 드물고 귀했던 그 일을 우리는 이제 다시 시작해보려 한다.

기획의 말

그리운 마음일 때 'I Miss You'라고 하는 것은 '내게서 당신이 빠져 있기(miss) 때문에 나는 충분한 존재가 될 수 없다'는 뜻이라는 게 소설가 쓰시마 유코의 아름다운 해석이다. 현재의 세계에는 틀림없이 결여가 있어서 우리는 언제나 무언가를 그리워한다. 한때 우리를 매혹시켰으나 이제는 읽을 수 없게 된 옛날의 시집을 되살리는 작업 또한 그 그리움의 일이다. 어떤 시집이 빠져 있는 한, 우리의 시는 충분해질 수 없다.

더 나아가 옛 시집을 복간하는 일은 한국 시문학사의 풍성이 드러나는 장을 여는 일이 될 수도 있다. 하나의 새로운 예술작품이 창조될 때 일어나는 일은 과거에 있었던 모든 예술작품에도 동시에 일어난다는 것이 시인 엘리엇의 오래된 말이다. 과거가 이룩해놓은 질서는 현재의 성취에 영향받아 다시 배치된다는 것이다. 우리는 현재의 빛에 의지해 어떤 과거를 선택할 것인가. 그렇게 시사(詩史)는 되돌아보며 전진한다.

이 일들을 문학동네는 이미 한 적이 있다. 1996년 11월 황동규, 마종기, 강은교의 첫번째 시집들을 복간하며 '포에지 2000' 시리즈가 시작됐다. "생이 덧없고 허기질 때 이마를 가슴으로 암송했던 시들, 이미 절판되어 오래된 명성으로만 만날 수 있었던 시들, 동시대를 대표하는 시인들의 젊은 날의 아름다운 연가(戀歌)가 여기 되살아납니다." 당시로서는 드물고 귀했던 그 일을 우리는 이제 다시 시작해보려 한다.

오, 가엾은 비눗갑들

문학동네포에지 025

이선영 시집

오,
가엾은
비늣갑들

개정판 시인의 말

첫 시집은 첫째, 내 시쓰기의 영도, 내 시의 DNA다.

그러므로 둘째, 첫 시집을 봉인해두라. 첫 시집은 모든 그다음 시집들을 위한 금기이다. 첫 시집은 이렇게 말한다: "함부로 나를 열지 마라. 여는 순간, 돌이킬 수 없는 길을 얼마나 멀리 갔는지 그리고 멀리 간들 빙빙 맴도는 평행시우주(詩宇宙)임을 네 두 눈으로 똑똑히 보게 될지니……"

그래서 셋째, 못 잊을 첫 시집이라지만 못 잊어서는 안 되리. 시인이 자기 시집을 읽는다는 건, 더욱이 자신의 첫 시집을 읽는다는 건 멜로이기 이전에 스릴러이다. 적어도 내게는 그렇다.

그런데 넷째, 첫 시집은 어떤 식으로든 꼭 다시 돌아온다. 망령으로든 시혼으로든, 애착으로든 통점으로든, 자랑으로든 한계로든……

첫 시집을 두 번(째로) 내게 됐다. 첫 번 냈을 때처럼 '발굴된' 느낌이다. 그 자리에 겸상해야 하는 쑥스러움만 아니라면 이 시집이 세상의 식탁에 어엿이 새로 올려지게 된다니, 더없이 기쁘고 감사할 따름이다. 오, 가엾은 첫 시집이여! 다시 한번 세상 속으로 들어가라. 처음 그때보다 당당히 기를 펴고 네 언어들이 가고 싶어했던 만큼 갈 때까지 멈추지 말아라.

2021년 6월
이선영

차례

개정판 시인의 말 5

1부
서른 살을 기다리며 11
짤랑짤랑 흔들린다, 내 인생 12
헌 구두를 내려다보며 탄식함 14
즐거운 아침을! 15
나의 아랫배 이야기 16
책상 위로 고개를 박다 18
새로운 맛 20
잘못 찍힌 도장 22
기정사실 23
뜯어진 옷 24
이 예기치 않은 26
내 안에는 또 하나의 사람이 27
내 손엔 흠집이 28
나의 게으른 다림질 30
나의 제작자와 나 32
나무에게 길을 묻다 34

2부

막힌, 혹은 막히지 않은 하수구에 대하여 37
60회 정기권의 가련한 생을 애도함 38
생각, 그와의 사랑 39
지갑에 얽힌 이야기 40
눈길을 걸으며 42
열리지 않는 문 앞에서 44
지붕이여, 너무 무겁다 45
4월의 비는 연약한 사슴을 죽입니다 46
당신의 구혼에 대하여 47
내 서랍 속의 귤 하나 48
유리병 49
주저함 없는 이 입술로 50
두 개의 불행한 손목시계에 관하여 51
흘려쓴 글자 54
손가락은 한없이 부드러워 56
나의 벽을 찾아서 57

3부

자동차와 아버지 61
한여름 오후를 장의차가 지나간다 62
지금 나는 64
나목 65
오후 4시의 공원 66
휴지 같은 이 인생 69
오, 가엾은 비늣갑들 70
쓰레기차는 청소부를 배반하기도 한다 72
나의 저녁 식탁은 73
그 집 74
역에서 76
다 쓰여진 치약에게 77
이 가을의 그 카페 앞 78
수저와 어머니 79
검은색은 때로 내게 공포를 준다 80
더러운, 아니, 깔끔한, 82
나쁜 꿈 84
내 인생의 벽보 85

1부

서른 살을 기다리며

서른 살이 되는 그날 아침은 분주하리라
거울 앞에서 새로이 몸단장을 하리라
서른 다발의 꽃과 좋아하는 음악으로
서른번째 생일을 자축하리라

그 첫날 아침엔
스무 살 이후 금지되었던 내 모든 장난들을 풀어놓으리라
무기한 감금되었던 내 모든 죄수들을 방면하리라

아무것도 무서워하지 않으리라
낡아서 마음껏 잡음을 내는 라디오처럼 살리라

낡고 낡아서
더이상 낡을 수 없어서
이윽고 주인의 손에서 벗어나
한데에 버려지는 물건처럼
비로소 나의 삶을 살아가리라

짤랑짤랑 흔들린다, 내 인생

내 인생에 금쪽의 무게를 더한 것은 지폐가 아니었다
내 인생을 공 튀듯 아슬아슬 즐겁게 한 것도 지폐는 아니었다
고귀한 지폐는 워낙 말이 없었다
동전들이 뻰뻰스러운 무게로 내 몸을 무겁게 했으며 수다스러운 부피로 나를 배부르게 했으므로
볼썽사납게 내 아랫배를 부풀리거나 짤랑짤랑 소리를 내어 나를 당황하게 했으므로
내 인생은 즐거웠다
빚쟁이 털어가듯 순식간에 동전들이 내 몸을 빠져나가고 나면
아앗 거덜난 내 생의 세간살이
다시 동전을 채워야 비로소 북적거리는,
북적대며 살아가야 할 도시의 나날……
나는 본시 지폐를 담아두기 위해 태어난 지갑이었던 것만은 아니다
내 몸의 태반은 동전으로 채워지기 일쑤였고
내 일생의 태반은 동전들의 뒤치다꺼리에 바쳤다
스물일곱, 적지 않은 해 동안 낡아온 지갑 속에는
흠집 많은 동전, 갈 곳 잃은 동전, 상처 입은 동전들이 난폭하게 뒤섞여 산다
허름한 지폐 몇 장과
체납된 신용카드와
과오뿐인 사랑과

허명 자욱한 먼지투성이 이름과
스물일곱 살 지갑 속에는
허름한 지폐 몇 장과
체납된 신용카드와
과오뿐인 사랑과
허명 자욱한 먼지투성이 이름과
……………………………………………………
스물일곱 살의 남루한 지갑 속에서
수십 수백 개 동전들이 짤랑짤랑 흔들린다, 내 인생

헌 구두를 내려다보며 탄식함

세상이 만들어낸 많은 신발 속에서
나는 우연히 내 것이 되었던 몇 켤레의 신발을 신고 이곳까지 왔다
그중에는 아주 내 맘에 드는 것도 있었지만
지금은 기억조차 나지 않는 신발들이 대부분이었다
그 신발들은 쉽게 닳았으며 결국은 헌신짝처럼 버려졌다
나는 지금 내가 신고 있는 구두를 내려다본다
이 구두는 지나치게 낡았다
나의 험한 발걸음이 이 구두의 여린 몸을 망쳐놓은 것이다
오 용서해다오, 나를 만나는 게 아니었던 불운한 구두여
이 구두도 이제 버려질 때가 된 것이다
그런데, 이렇게 무수한 신발의 순결을 짓밟고 내가 당도한 이곳은 어디인가
나의 발걸음을 도왔던 청춘의 갖가지 신발들이여
그토록 힘들여 나를 데려다 놓은 곳이 고작 이곳이란 말인가
이곳 역시 잘못 든 길에 불과하다
하지만 어떻게 해야 한단 말인가?
여기까지 오는 데 그렇게 많은 신발을 신고 버려야 했던 것처럼
이곳을 빠져나가기 위해 나는 또 그렇게 많은 신발을 버려야 하는 것이다

즐거운 아침을!

아침이 와도 방바닥에서 쉽사리 등이 떼지지 않는 까닭이 있다
아무렇게나 개켜져서 또다시 장 구석에 처박히는 이 하릴없는 되풀이의 운명이 싫기 때문이다
내 생은 왜 확연히 보이는 저 벽 높이까지 일어서지 못하는가
미안하다 생의, 떠맡겨진, 너무 안락한 이불들을 걷어내야 한다
나의 온갖 체액을 비볐던 베개, 철부지 적 내 오랜 정든 이여
언제까지 나를 붙박아두려 할 텐가, 만번째의 아침이다, 아쉽지만
푸근한 옛정에 젖어 있기엔 나의 짧은 젊음이 모자르다
아침엔 내 방의 전등 스위치를 가볍게 위쪽으로 치켜올리고 싶다
다음엔 한껏 기지개를 켜고
경쾌하게 내 방의 미닫이문을 열어젖히고 싶다
—요의 본분을 잊어서는 안 되는 요라 할지라도—
즐거운 매일의 아침을 맞이할 권리는, 당신 뜻대로 나를 만들어놓은 조물주여, 나에게도 배당돼 있지 않은가

나의 아랫배 이야기

어디엘 가든지, 나는 그것을 갖고 다닌다. 커다란 배를
껴안고 나는 거리를 걸어간다. 나는 임신하고 있는 것이다.
나는 세계의 중압에 항거하여 커다란 배를 내밀면서
서투르게 아장아장 걸어간다.
— 헨리 밀러

나는 살찐 아랫배를 가지고 있다
나는 군살이 많은 이 아랫배를 두꺼운 옷자락 안에 감춰두곤 했지만
그것은 언제나 내 몸을 무겁게, 나를 수치스럽게 했다
나의 아랫배를 가득 채운 것은 무엇인가?
나의 아랫배가 움켜쥐고 있는 것은 무엇인가?
내가 자주 체증과 변비에 시달려온 것은 사실이다
나는 무분별하게 삶을 섭취했다, 삶은 내게
온갖 음식들로 차려진 성찬의 식탁이었으니
나는 그것들을 탐식하기에 분주했다
사람들이 저금통장이나 서랍 속에 은밀히 모아두는 것을
나는 식도를 통해 내 깊숙한 아랫배에 저장한다
사람들이 마음속에 추억으로 쌓아두는 것을
나는 내 입맛에 맞게 조미해서 나의 뱃속에 쌓아둔다
그러나 나는 먹기에 급급해서 미처 배설하는 일에 관해서는 생각지 못했다
제때 배설해 버려야 했던 것들을 나의 아랫배는 오래 버리지 못했으므로

한번 담은 것은 순순히 꺼내놓을 줄 모르는 나쁜 근성을 익혔다
내 배를 갈라 보면 아악, 더러워라
세상의 단맛으로만 요리된 음식물들
매운 욕망과
씁쓸한 사랑
혀가 신 실의까지도
나는 어느 날 밤 내 몸에서 끝도 없이 긴 똥이
마구 쏟아져나오는 꿈을 꾸었다
그 순간 나는 통쾌했고 몸이 홀가분했었다
나의 아랫배 속에 일렁이는 검은 먹구름, 나는
재산이 많은 나의 아랫배를 붙안는다
나의 아랫배는 우스꽝스러운 그의 재산과 함께 고집스럽게 그의 길을 간다

책상 위로 고개를 박다

나의 일은 종이와 펜을 다루는 일이다
철이 들고 난 후부터 내 손은 줄곧 같은 일을 해왔고
그 일은 주로 책상 위에서 이루어졌다
나의 책상은 온갖 종이로 만든 물건들과, 예컨대 책과 봉투와 원고지류의, 각종 펜들만으로 가득하다
내 젊음의 거의 모든 시간이 책상 앞에 바쳐졌다 이 책상은
내 생이 차지한 실제 면적이다
처음 책상 앞에 앉게 되었을 때 나는 흥분과 기대로 목소리를 높이고 눈을 크게 떴지만
지금은 이따금, 내가 할 수 있는 일은 다 했다는 느낌이 들 때가 있다
나는 물을 것도 궁리할 것도, 책상 위의 일에 관한 한 더 하고 싶은 말도 없다
책상 위에 예정되어 있는 일 쌓여 있는 기억들은 나를 진저리치게 한다
나는 책상 위의 일을 즐기지 못했다
그것은 처리해야 할 힘들고 진지한 과제였다, 때로 무의미한
나는 책상을 부수고 책상을 떠나는 꿈을 꾼다
그러나 나의 몸은, 달아날 수는 없다, 달아나지지 않는다, 달아나서는 안 된다, 어차피 이곳은 내가 발을 디딘 구렁이다, 고 말하는 듯하다
반생의 책상을 부수느니 차라리 내 몸은 책상에 헌신

하는 편을 택하기로 한다

무너지듯 철퍼덕, 숭배하듯 철버덕, 책상을 거부하며 나는 책상 위로 고개를 박는다

사방에 벽이라도 둘러칠 수 있다면!

나는 책상 앞에서 나이를 먹으며 잘게 잘게 부서져갈 것이다

내 생애의 책상 위에서 일어났던 모든 일을 향하여 나는 고개를 박는다

유감스럽지만, 그것이 내가 할 수 있는 유일한 대답이므로

새로운 맛

먹고 싶은 음식만 먹기를 고집하던 때가 있었다
그때 그것은 내 혀와 식도와 위장이 가진 당연한 권리였고
내 혀는 까다로워서
저의 미각을 충족시키지 못하는 많은 음식을 거부했다

지금 나는 체하도록 먹는다
20세기 동안 늙어온 세상은 갖은양념이 다 모여 만들어진 거대한 음식물이고
그 음식을 가리지 않고 먹어대지 않는다면 나는
이 세상의 혀와 식도와 위장 밖으로 내뱉어질지도 모른다

세상이 다짜고짜 내 앞에 들이미는 식탁을
나는 군말 없이 받아든다
내가 처음 무엇을 먹든 내 혀는 자꾸 다른 맛을 갈망하고
내가 처음 무엇을 먹든 그것을 소화시키지 못하는 내 위장은
식도를 통해 도로 그것을 토해낸다
나는 좌절된 미식가이고
굶주린 탐식가이다

내 몸에 군살을 만드는 이 잡다한 음식물이 내 마음을 무겁게 한다

내 마음은 내 몸을 무겁다 하고
내 몸은 내 마음을 무겁다 한다
이 둘의 교전 속에서
나의 눈은 누군가 필름을 돌려주는 화면처럼 나의 삶을 바라본다
나의 귀는 누군가 불러주는 노래처럼 나의 삶을 듣는다

그리고 내 혀와 식도와 위장은
삶의 새로운 맛을 끝없이 갈망한다

잘못 찍힌 도장

어떤 서툰 손이 나를 이곳에 찍어놓았는가?
질 나쁜 종이 위에 채 반밖에 드러나지 않은 보기 흉한 이 몸뚱어리
나를 움직이는 손의 정체가 나는 궁금하다
나는 선명한 흔적을 남기고 싶었다,
잘못 찍힌 도장이 되고 싶지는 않았다, 나는
언제나 좋은 종이와 인주를 갖고 싶었다, 그리고
진정 나를 다룰 줄 아는 손을
그러나 내가 애초에 잘못 만들어진 도장이라면?

나는 숱한 실패의 증거물을 갖고 있다
휴지통을 잔뜩 구겨놓은 종이들과
덧없는 사랑에 바닥이 드러난 인주들
종이 위에 선명하게 찍힌 불량한 내 존재의 자국
처음에 나는 내가 쓰도록 되어 있는 종이와 인주의 불량함 때문에 내가 희생당하고 있다는 사실을 괴로워했다
이제 나는 나 자신의 불량함 때문에 애꿎은 종이와 인주가 희생당하고 있다는 사실을 괴로워한다

기정사실

내가 후회하는 것이 있다면

애써 내 것으로 만든 물건이 내 마음에 썩 드는 물건이 아니었을 경우에도

내가 그것을 굳이 무르려 하지 않았던 일이다

그 결과 나의 사유재산이란

미처 무르지 못한, 무르고 싶은, 이젠 무를 수 없는 온갖 잡동사니들의 총목록에 불과하고

나는 이 고물 창고를 관리하느라 허덕이는 가련한 창고지기가 되어버렸다

그러나 내가 무엇보다 더 후회하는 것은

이 무를 수 없는 것들의 소유주인 나를 무를 수 없다는 사실이다

틑어진 옷

언제부터인가 나는 투욱툭 틑어지고 있었던 게 분명하다
내 몸의 어느 부분에서부터 그 틑어짐이 시작되었는지
나를 틑어지게 했던 최초의 충격이 무엇이었는지는 알 수가 없다
내가 알 수 있는 것은 내가 의지해온 하나의 세계가 점점 불어나고 있다는 사실이다
내가 처음 감싸안았던 그것은 유년의 작디작은 몸집이었다
그 몸집의 생존을 위해 마련된 여러 가지 소도구들 가운데 하나로서 비로소 나의 존재는 시작되었고
그때 이후 그 몸집은 내가 존중하고 존중받아야 할 단 하나의 세계였다 그런데
한없이 늘어나려는 몸집의 제어되지 않는 욕망이 이제 나의 생존을 압박한다
내 안에서 꼼지락거리던 그 작고 신비스럽던 몸집이!
저의 욕망을 참지 못해 나를 찢거나 벗어버리는 이 비대한 세계는 공포다
실밥이 풀어지고 가장자리 단이 삐져나오기 시작하는, 옷으로서의 나의 실존은 훼손되었다
나는 좀더 튼튼하고 탄력 있는 옷이었어야 했다
변해가는 이 세계의 몸집에 대해서 나는 맹목적인 선의만을 가졌었다
나의 말로는 예정되었던 일이다
다만 내 모습이 더는 해지지 않도록 이 세계가 조금만

나를 곱게 다뤄주기를
  아아 끝없이 틀어져가야 할 나락인 여생

이 예기치 않은

이 예기치 않은
등뒤에서 비춰오는 기분 나쁜 저 헤드라이트 불빛 같은 치통이
새벽잠을 설치게 하고 한 알의 진통제를 찾아 허겁지겁 약국 문을 들어서게 하는
저문 거리에서 오지 않는 버스를 기다릴 때 불현듯 시큰거리는 증오심 같은 치통이
생겨날 수 있는 허점을 지닌 내 육체가
슬프다 치통은 나를 가고 싶지 않은 치과에 가게 한다
벌리고 싶지 않은 입을 벌리게 하고 누구에게도 결코 보이고 싶지 않은 내 입안,
썩고 더럽고 보기 흉하고 이미 썩어 없어진 치아의 흔적마저 고스란히 싸안고 있는,
의 비밀이 들춰지고 내가 여지껏 잘못 살아왔다는 사실
내 육체의 일부분조차 제대로 관리하지 못하고 불성실하게 살아왔다는 사실이 들통나고
아무리 떨쳐버리려 발버둥쳐도 욱신욱신 내 미세한 신경의 한켠을 들쑤시며 내 발목을 잡아당기는
이 집요한 치통 때문에 나는

내 안에는 또 하나의 사람이

내 안에는 또 하나의 사람이
늘 앉아서 울고 있다
그는 화를 내거나 흐느끼기도
소리를 지르거나 욕을 해대기도 한다
내가 웃고 있는 순간에도
그는 울고 있고
내가 아무 말 아무 표정 없이 앉아 있는 순간에도
그는 답답하다고 내 가슴을 두들긴다
내가 이 포악한 사람을 가둬두는 것은
내가 그보다 강하기 때문이 아니다
그를 내가 두려워하기 때문이다

내 손엔 흠집이

예전에 나는 희고 깨끗한 손이었다
나는 자자한 칭송거리로 사람들의 입에 오르내리곤 했었고 무척 의기양양했었다
추억으로부터 눈을 돌려, 나는 지금의 나를 들여다본다
흠집, 있다가 없어진 티눈 자국, 거의 아물어가는 흉터
내 몸을 더럽힌 흠집에 대한 노여움보다도
흠집을 인정하지 않으려는 나의 선명한 추억이 나를 망친다
내가 무슨 잘못을 했을까?
본의 아니게 내가 나를 소중히 다루지 않았는지도 그냥 방치해두었던 셈인지도 모른다
그렇지만 생각해보아주기를, 나는 이 세상에 처음 태어났고
나는 나를 믿어 의심치 않았다, 타고난 나의 희고 깨끗함
믿어 의심치 않았다 나는, 나를 제 커다란 신체의 일부로 삼고 있는 살아 있는 한 세계를
그 세계가 나에 대해 가진 책무를
나는 타고난 대로 살려고 했다, 나의 소박한 신념에 의하면
나에겐 타고난 대로 살 권리가 있는 것이다
얄팍한 종이 한 장에도 만만히 살을 베일 줄은 몰랐다
오랜 흠집이 남을 줄은 몰랐다
나를 홀대하지 말아달라, 나를 태어나게 한 세계여, 나는 이미 흠집투성이다

나는 내 인생에 번번이 뜻하지 않은 흠집을 남기고 싶지 않다
더이상 나를 해치지 말아달라

나의 게으른 다림질

다림질을 한다
늦은 밤이나 이른 아침에
다림질도 잘하려면 간단한 일이 아니다
다리미가 놓이는 위치와 나의 위치, 분무기에서 뿜어져나오는 물의 양, 다리미의 온도, 옷을 다리는 순서, 이런 따위들이 함께 고려되어야 한다
그럼에도 나의 다림질은 진지하지 않다
'다림질은 되도록 짧고 빠르게'
다림질에 관한 한 나의 방침은 이렇다
나는 자꾸만 다림질을 쉽게 생각하고 싶어진다
내가 해야 하는 일이 어디 다림질뿐이더냐
채 옷의 구김살이 다 펴지기도 전에 나는 내 편의대로 다림질을 끝낸다
넓은 아량으로 받아주기를 옷이여 그저
임자를 잘못 만나고 시대를 잘못 타고난 네 시원찮은 운명이나 한탄하여라
다리고 싶을 때까지만 다리면 온전히 다려지지 않지만
다리고 싶지 않은 마음으로 하는 다림질은 원치 않는다
유감스럽게도 나는 다림질의 유익함을 알지 못한다
아침에 활짝 펴도 저녁이면 도로 구겨지니
세상은 너의 자랑을 구겨버리는 무수한 의자 등받이와 시트의 존재를 알게 할 뿐
갑작스러운 네 몸 한 부분의 구겨짐이 너를 와락 놀라게 하지 않도록

적당한 구김을 너에게 주마
삶의 이 뻥 뚫린 큰길가에서 한참을 바라보며 생각하건대,
구겨지는 옷의 순리를 잠깐의 다림질로 어길 수 있으랴
다시 구겨지고야 말 옷 같은 운명이 나의 고된 다림질로 다스려질 수 있으랴

나의 제작자와 나

나는 다루기 쉽게 만들어졌다
버튼만 누르면 움직이게 되어 있는
나는 나의 제작자인 그의 자동인형이다
나는 호기심 때문에 눈을 뜬다
나는 먹기 위해 입을 벌리고
불만에 차서 입을 다문다
나는 숨을 쉰다 작동을 멈추지 않기 위해
나는 몇 가지 기본 동작만을 되풀이하도록 만들어졌다,
나의 제작자의 능숙한 솜씨가 빚은 완제품으로
나는 진정 바랐었다
제발 그가 나에게 무리한 요구는 하지 않기를,
내게서 울거나 분노하거나 증오하거나
격정으로 괴로워하는 모습을 찾아내지 못해 따분해하지 않게 되기를
그런데 내가 존재의 기쁨을 채 만끽하기도 전에
그는 그의 창조물인 나의 허점을 발견해내고는
금세 내게 흥미를 잃어버렸다
그의 무관심이 다시 나를 만들었다
내가 결코 원하지 않았었던 나를
나는 먹기 위해 입을 벌리고
불만에 차서 입을 다문다
나는 숨을 쉰다 작동을 멈추지 않기 위해
……………………………………………………………
나는 이 모든 것을

단지 그것이 내게 손쉬운 일이라는 이유만으로 한다

나무에게 길을 묻다

나는 그날 밤을 기억한다 내가 길을 건넌 밤
하늘엔 가득 먹구름이 웅성대고 나는
눈앞을 붉게 덮쳐오는 노을을 보았다
우뚝 솟은 붉은 십자가의 사열을
나무들은 무엇엔가 귀기울이고 있었다
그들 주위에 감도는 검푸른 적의를 느낄 수 있었는데
그때처럼 나무가 무서웠던 적은 없었다 나무는
세계가 물리는 젖꼭지를 물고 풍성한 비밀의 젖을 먹으며 자란다
나는 궁금하다 어느 길목에 내 다음 운명의 쪽지가 파묻혀 있는지
두렵다, 길을 잘못 찾아들기는 싫다,
나는 알고 싶다 이 영문 모를 생을 이끌어가는 비밀의 정체를
하나의 길을 뚫고 나와 한층 늙은 몸으로 막다른 골목에 서서
나무에게 길을 묻다

2부

막힌, 혹은 막히지 않은 하수구에 대하여

입구엔 온통 머리카락투성이야
세상은 나를 막는 검은 머리카락들로 붐비네
나를 망치고 있는 세상과 함께 누려야 하는
이 막힌 하수구의 청춘

채 나를 들여다보기도 전에
사랑이 큰 발자국 소리로
성큼성큼 내게 다가올 때면
나는 놀란 도둑고양이처럼 슬슬
자동차 밑으로 기어들었네

막힌 하수구로 물이 내려가는 데는 꽤 긴 시간이 걸리므로, 참을성 없는 애용자들이여
함부로 나를 사용하지 말라
멀쩡한 내 겉모양에 속지 말라
나는 막히지 않는 하수구를 갈망한다
세상의 엉킨 머리카락들이
더이상 나를 막을 수 없게 되는 날,
저 뚫린 하수구처럼 거센 힘으로
내게 들이치는 온갖 생을 빨아들일 수 있는 날을

60회 정기권의 가련한 생을 애도함

그의 재고는 바닥났다
보라, 그는 0이다
어이없이 그는 나의 손에서 떠나갔다
그가 즐겨 기거하던
내 오래된 옷 아랫단의
그 잡동사니 그득한 주머니 속으로
그는 다시 돌아오지 않는다
그 역시 그랬겠지만 나 역시
오기로 한 이날이
이렇게 빨리 오리라고는 생각하지 않았다 하지만
긴 슬픔은 현명하지 않으니,
세상은 그를 대체할 수 있는 많은 재고를 가지고 있다
나는 또다른 그로 나의 허전한 주머니를 채우게 되리라
그가 끝나도 끝나지 않는 세상은
수없는 그의 대체물들을 생산해낼 것이다 그러나
누가 감히 그와 대체될 수 있단 말인가?
60회분 그의 생이 끝났듯이
그와 보낸 내 생의 60회분도 막을 내렸다 그러니
나는 그를 위해 길게 슬퍼하리라
그는 다시 돌아오지 않는다 더불어
그가 내 주머니의 전부였던 한때,
그에게 온통 쏟았던 나의 손때,
그와의 모든 통행이 가능했던 내 생의 한순간도
이제 돌아오지 않는 것이다

생각, 그와의 사랑

혼자 있는 게
생각, 그에게 자꾸 들키는 게 무서워
이윽고 주위의 아무것도 눈에 들어오지 않게 될 때까지
그와 나 단둘이 있게 될 때까지
생각이라는 악령이 그 거센 아귀로
내 머리를 움켜쥐고 있어
마치 나를 미친듯 사랑하다 죽은 남자처럼
한시도 내 몸에서 떨어져나가질 않아
내가 그를 위해 온전히 몸을 바칠 때까지
그는 나를 그냥 놔두질 않을 거야
그 아닌 다른 누구와도
얘기를 나눌 수가
얼굴을 바라볼 수가
손을 잡을 수가
없어
그 혼자만이 나를 사랑해, 무섭게
이제 그 없인 살 수가
균형을 잡을 수가
없어
이 악령을 내게서 떼내줘요, 제발
나를 구해줘요
나의 삶은 하— 꽃다운 나이에
그에게 감금되었어

지갑에 얽힌 이야기

내가 잃어버렸던 지갑이 하나 있다

그 지갑은 내가 가졌던 가장 값비싸고 마음에 드는 지갑이었을 뿐만 아니라 내게 있어 단 하나의 지갑이기도 했다

나는 내가 가진 재산의 거의 모두를 그 지갑 안에 갖다 바치곤 했었다

즉, 나는 그 지갑을 좋아했고 또 자랑스러워했다

하지만 내가 어이없이 그 지갑을 잃어버린 것을 알고 난 후에도 나는 애써 그 지갑을 찾으려 하지 않았다

그것은 이미 나를 떠나간 것이었으며 빠르고 확실한 단념은 내가 인생에서 배운 몇 가지 것들 중의 하나였기 때문이다

그런데, 놀랍게도, 그 지갑이 지금 내게 되돌아왔다

친절한 누군가가—아마 그는 과거에 지갑을 잃어버렸던 경험이 있었을지 모른다—그 지갑을 보관하고 있었고

내 것이었던 기억을 잊지 못하는 그 지갑을 찾아갈 것을 권유했다

나는 약간의 수고를 치르고 한번 단념한 적이 있던 그 지갑을 되찾아왔다

나는 인연이라는 것을 믿는 사람이다 인연이란 질긴 것

도로 내 것이 된 그 지갑을 나는 '운명적으로' 받아들였다 그러고는 중얼거렸다

"그래, 이것은 어쩔 수 없는 내 것이야"라고, 한숨을 쉬

다가 안도의 숨을 내쉬다가

눈길을 걸으며

눈길을 걷는다
살아온 만큼 능란한 다리를 가진 사람들
눈길을 걸으려니 내 다리가 이미 엉거주춤이다
내 육체는 왠지 살아온 만큼 능란하지 못하다
나는 안전한 길만을 택해왔으며 내 육체는, 불행하게도, 그다지 많은 경험을 갖고 있지 못하다
아아, 실패를 두려워하는 나의 습성
한순간의 무너짐을 참지 못하는 내 육체의 안간힘
한때 나는 누군가의 팔에 몸을 맡겼던 적이 있다
마치 오랫동안 기다려왔다는 듯 덥석
그러자 이상하게도 나는 힘을 잃었고
그 팔에서 떨려나왔을 때
내 육체는 쉽게 그리고 심하게 미끄러졌다
이 겨울이 계속되는 한 나는 눈길을 걸어야 할 것이며
언제까지나 내 두 다리는 능란하지 못할 것이지만
이제 나는 팔 하나에 내 몸을 전적으로 의지하는 행동따위는 하지 않을 것이다
어떤 경우에건 눈길 위에서의 자기 방기는 금물인 것이다
눈은 나의 현실
내 두 발은 눈이 호도하는 낭만주의를 짓밟는다
허구적인 연애소설과 신화적인 영웅담을 짓밟는다
얼어붙은 눈길을 걷는다 웅크려
도사리는 눈길을, 능란하지 못한 내 육체가, 겁에 질

려, 뒤뚱뒤뚱 걷는다
　벗어날 수 없으리라는 이 눈길을

열리지 않는 문 앞에서

당신은 거친 주먹으로 나를 쾅쾅 두들기지만
탓하지 말라, 당신이 쉽사리 판단하고 믿어버리듯
나는 고장난 문이 아니다
혹시 당신이 잘 맞지 않는 열쇠로 나를 열려고 했거나
열쇠를 제대로 다루지 못했기 때문은 아니었던가?
내가 조금 둔중한 문이었던 탓으로
당신을 지치게 했던 건 사실이지만
어리석고 무모한 손들에 의해 무참히 열리기도 했던 이 문은
흔한 방문객인 당신을 통과시키지 않는다
나는 닫혀 있거나 닫아두는 나의 본분에 충실했던 문
오래 닫혀 있어서 제때에 열리지 못했거나 우발적으로 열렸던,
한 불운한 문이었을 뿐이다
나는 당신의 서툴고 난폭한 손이 싫다
내 몸에 맞는 열쇠와
그 열쇠를 적절히 다룰 줄 아는 손으로
부드럽게 나를 열어다오
나는 열리기를 마다했던 불량한 문, 당신을 가로막던 몹쓸 문이지만
바로 그 몹쓸 나의 천성 때문에
함부로 열리지는 않았던 문이다

지붕이여, 너무 무겁다

그대는 나의 오랜 짐이다
이 땅 위에 쓸모 있는 집 한 채로 살기 위해 붉은 기와 단단한 지붕을 얹었지만
나는 이제 깨닫는다 그대는 처음부터 나를 위해 생긴 지붕이 아니었으며
나 또한 그대의 무게에 어울리게 지어진 집이 아니었으므로
그대와 나 이 땅 위에서 언제나 어긋나
아무도 그 안에 살 수 없는 흉가, 쓸모없는 집 한 채 지어놓았으니
그만 내려가달라 지붕이여, 너무 무겁다
사랑하는 정든 지붕이여
보이지 않는 곳으로 날아가버리든지
내 발아래 편히 그대 몸을 눕히거라
무거운 그대를 머리에 얹고
무너지지 않는 집이 되려 안간힘 써야 하는 날들이었다
나는 허물어지는 내 육신의 한 귀퉁이를 말없이, 고통스럽게, 본다

4월의 비는 연약한 사슴을 죽입니다

4월의 비에 오래 적적했던 나 허물어졌다
갈 수 없었던 저쪽
가슴 벅찬 사랑의 정체를 알았지만
그래서 나 병들어 아파 울었다
첫 4월의 비가 내릴 때
기쁨에 들뜬 사슴은 그의 생애 최초의 속력으로
두려워 가본 적 없던 너르고 거친 벌판을 향해
겁없이 그의 몸을 던진다 더러
4월의 비에 연약한 사슴이 죽는다
어리석고 성급한 사슴아
4월의 비를 경계해야 한다
4월의 잦은 비는 쓸쓸한 사슴을 들뜨게 하지만
4월의 변덕스러운 비는 들뜬 사슴을 죽게 한다
위험한, 4월의 비는 달콤하다, 나
불안에 떨며
미친 사슴처럼 빗속을 헤매었다

당신의 구혼에 대하여

내 몸의 악마를 하나 선사하지요
어때요,
악마의 덫에 걸리겠어요?
길고 검은 손톱으로 당신 골통을 뒤져 파먹을 텐데
하루도 빠짐없이 당신 자는 문밖에서
내 머리맡 검은 바퀴벌레처럼 당신 영혼을 갉아먹을 텐데
사각사각 서걱서걱
내 사랑은 고작 내 몸의 악마를 당신에게 덜어놓는 것
무섭지 않아요?
성년의 거울에 모습을 드러낸 내 몸의 악마
불길한 정이 들었지요

내 서랍 속의 귤 하나

어느 날 낡은 책상 서랍을 뒤지다가

귤이 아닌 귤 하나를 발견했다

언제부터 그 속에 잊혀져 있었는지

시퍼렇게 가슴이 말라버린 귤처럼

고운 색깔 가진 그대가

나로 인해 오랫동안

파리해져가는 건 아닌지

껍질을 까면 더 아름다운 그대가

무심한 세상 한구석에서

타고난 빛깔마저 잃어가는 건 아닌지

유리병

한 여자인 내가 그를 사랑하게 된 순간부터
내 가슴속엔 유리병 하나 박혀 있습니다
내가 움직일 때마다 유리로 된 그 남자는 깨질 듯 흔들리고
놀라움과 두근거림에 나는 온몸의 움직임을 멈춥니다
목울대를 진동시키는 말도 멈추고 호흡도 잠깐 정지됩니다
나는 그의 눈앞에 살아 있기를 두려워하는 사람이 됩니다
아무도 이 유리병을 보지 못합니다 내가 사랑하는 그 남자조차
내 안에 있는 자신의 모습을 볼 수 없습니다
만지기 어려운 유리병 나의 사랑이 깨지지 않는 붉은
열매를 터뜨릴 때까지 나는 기다릴 겁니다 기다림은
먹다 남긴 접시 위 사과처럼 누렇게 상하면서 익어가는 것
언젠가 유리병이 발효하여 맛이 우러나는 좋은 식품이 되면
그때에 내 사랑을 잘 보이는 곳에 꺼내놓겠습니다
나 죽은 후에라도 가슴을 파헤치면 그제야 익기를 끝마친
아니 아직도 투명하기만 한 유리병 하나 발견될지 모릅니다

주저함 없는 이 입술로

내 방 한구석엔 오래 쓰이지 않은 타자기 한 대가 놓여 있다
그것은 뚜껑이 닫혀 있고 닫힌 그의 몸은 무수한 먼지를 낳고 기른다
방을 나서다 타자기를 보며 흠칫 나는 내 안에 묵은 먼지투성이 사람 하나가 살고 있음을 본다
그는 예전에 타자기를 열심히 쓰곤 하던 젊고 기운찬 사람이었다 나는 오랫동안
굳게 닫혀 있는 타자기의 뚜껑을 다정스레 열어주거나
싸늘히 식은 자판을 사랑스레 두드려주지 못했었다
나는 매일 나의 입술에 붉은 립스틱을 바르기를 게을리하지 않는다
나의 입술은 세상을 향해 쉽게 벌어지고
공기의 유동과 함께 사라질 많은 말을 꺼내놓기를 즐긴다
나는 내가 입술에게 즐겨 하는 것을
나의 타자기에게는 하지 못한다
다만 나는 주저함 없는 이 입술로
세상 먼지들에 잠자코 몸을 내맡기고 있을 뿐인 나의 타자기에게, 그리고
나의 타자기를 되살아나게 할 내 안의 단 한 사람에게
'먼지를 박차고 일어나 나오라'고 다그친다

두 개의 불행한 손목시계에 관하여

내가 아는 어느 시인이 내게 말했다
시간은 일직선으로만 가는 것은 아닐 거라고
누군가에게는 원을 그리며 가기도 하고
사람은 저마다 다른 시간을 가지고 있다고
나는 이것만은 말할 수 있다
사람은 저마다 다른 시계를 손목에 차고 있다고—
내가 차고 있는 손목시계는 주변의 대다수 시계보다는 1분 정도 느린 분침을 갖고 있고
시침이 더딘 몇몇의 시계보다는 시간을 앞질러 간다
나는 썩 믿을 만하지 못한 시침을 가진 내 시계에 대해 일찍이 실망한 적이 있지만
나는 이 시계의 다른 장점 때문에 이 시계를 사랑한다, 이를테면,
이 시계의 디자인이 이제껏 내가 본 다른 어떤 시계보다 내 마음을 끈다거나
내 굵은 손목에 어울리는 크기를 가지고 있다든가 하는

내가 세상에 태어나 처음 가진 시계는
나의 아버지가 일본에서 사다 준 SEIKO 시계였다
나는 그 시계를 내가 중학교 1학년이 되던 열네 살 때부터
스물일곱 살이 되었던 해까지 찼다 즉, 그후 나는
그 시계를 버렸다 그것의 행방을 나는 모른다
내가 그 시계를 버린 결정적인 이유는

그때 내게 다른 시계가 나타났기 때문이다
그 시계는 시대 감각에 맞춰 제작된 신제품이었다

그래서 나는 하나의 시계를 배반했다
과거 나의 시간도, 배반이라는 것이 그렇듯이 순식간에, 허사가 되었다
처음의 한동안 나는 새 시계를 서랍 속에 감춰두기도 했었다
오랜 시간을 함께 낡아온 내 본래의 시계와 새로 내 것이 되려 하는 시계 사이에서 고민했던 것이다
배반은 용납하기 힘든 일이었으므로
지금 나는 나의 새 손목시계를 사랑한다, 나의 현재를,
그러나 그것은 돌발적으로 왔다
이 사랑스러운 시계는 나의 정든 시계에 대한 배반의 대가다
나는 새 손목시계를 보면서 옛 애인처럼 나의 옛 손목시계를 떠올린다
나는 시간을 단 하나의 시계 속에 넣어두는 것으로 만족해왔었지만
시간은 시계 밖으로 튀어나와 돌발적으로 나를 덮쳤다

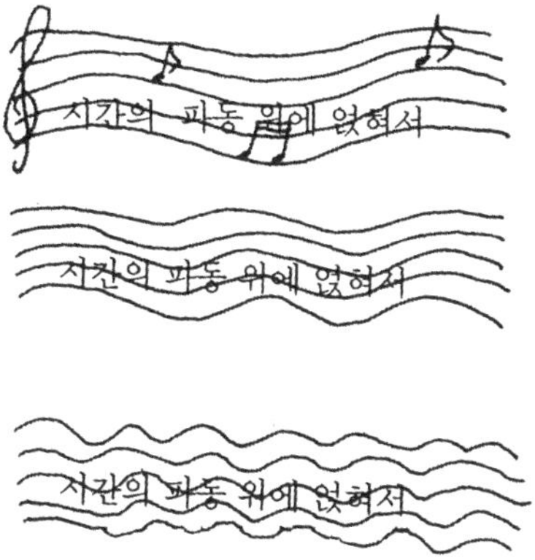

나는 정착하지 못한다

흘려쓴 글자

나는 업무상의 일로 종이 위에 똑같은 글자를 여러 번 반복해서 써야 했다

그 글자가 '떨림'이라는 글자였던 것은 그저 우연에 지나지 않는다

되도록 빠른 시간 내에 그 글자 쓰는 일을 마쳐야 했기 때문에

다급해진 나의 손놀림은 '떨림'이라는 글자를 아래와 같이 써내려가기 시작했다

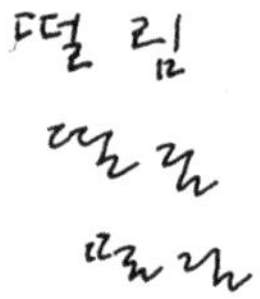

처음엔 곧게 쓴 글자였던 '떨림'이 횟수가 거듭될수록 흘려쓴 글자로 변해간 것이다

이것은 내 손이 자행한 돌이킬 수 없는 과오다

맨 처음 씌어진 정자체의 글자 '떨림'은 마지막에 씌어진 흘림체의 글자 '떨림'을 용납할 수 없고

맨 아랫줄에 씌어진 흘림체의 글자 '떨림'은 맨 윗줄에 씌어진 정자체의 글자 '떨림'으로 거슬러올라갈 수 없다

첫 줄에 씌어진 정자체의 글자 '떨림'에서 마지막 줄에 씌어진 흘림체의 글자 '떨림'에 이르기까지는

넓고 깊은 도랑을 이루는 몇 개의 행간이 있다

미안하다, 내가 흘려쓴 글자인 '떨림'이여

내 손이 좀더 확고한 신념으로 움직이는 손이었어야
했던 것을

이제 흘림체의 글자 '떨림'이 갈 곳은 어디인가?

손가락은 한없이 부드러워

눈을 떠보니 나는 못에 걸린 노란 수건이었네
사람들이 나를 쓰다가는 아무렇게나 걸어두고 자주 내팽개치기도 하였지
나는 어차피 쓰이기 위해 이 세상에 만들어졌으므로
굳이 내 몸을 아끼려 하지 않았네
내 생의 대부분은 오래된 못과 함께 보내졌네
때때로 그는 나를 감당할 수 없다고 불평을 늘어놓았네
그의 비웃음 섞인 입술도 보았지
그 턱없는 오만함과 단단함이라니……
내가 없으면 금방 허전해하던 그가 아닌가?
완고한 못이여, 나를 용서하라
아니 나를 그냥 내버려두라
나의 타고난 단순한 모양새가 나는 싫다
사람들의 손가락은 한없이 부드러워 끊임없는 애무와 유희를 즐기고
다행히도 내 몸은 아주 유연하지 않은가?

나의 벽을 찾아서

나를 떳떳하게 내걸 벽 하나 얻지 못했다

나의 벽, 그 벽 위에서 나의 존재가 빛나고 나로 인해 그 벽의 존재가 빛나는

벽을 찾아 이곳저곳 두리번거렸던 것이 내 지나간 생의 한 스냅사진이다

뜻밖에 벽들은 여리고 섬세해서 벽을 온전히 차지하려는 나의 욕망은 거칠고 탐욕스러운 것이 되어버리곤 했다

내가 한때 내 몸을 의탁하려 했던 많은 유의 벽, 밑바닥서부터 금이 간 벽이나 곧 허물어져버린 벽, 달력과 액자가 넉넉히 걸려 있던 벽, 온갖 시계들로 끼어들 틈도 없이 빽빽하던 벽, 커다란 책장이 그의 전면을 가로막고 있던 벽, 절해고도의 벽, 나로 인해 못이 박히는 것조차 허용하지 않던 벽 이 모든

배타적인 벽들 때문에 나는 번번이 낭패를 맛봐야만 했었다

기껏 나는 벽 한 귀퉁이에 붙은 곁다리로 만족하거나

비어 있는 벽의 싸늘한 아름다움을 보며 비탄에 잠겨야 하리라

내걸릴 벽도 없이 불쑥 액자의 욕망을 지고 태어난

잉여의 액자에 불과하구나 뒤늦게 깨닫는 이 운명

3부

자동차와 아버지

공무원 자가운전제 시행에 맞춰
중고 마크 IV를 몰고 다니던 아버지
아직도 마크 IV를 몰고 다니는 아버지
어느 날 성묘에서 돌아오다가 대로상에서 고장을 일으켜
가족들을 노상에 세워둔 노령의 자동차, 트레일러에 두 발 들린 자동차처럼
정비 공장에 실려가던 아버지 하지만
폐차라니?! 아직은 쓸 만해. 꺼진 시동도 다시 걸어보는 아버지
집에 들어서면 꼭 그 자리
어둠의 한 귀퉁이에 시커멓게 정차해 있는
아버지, 고물 자동차

한여름 오후를 장의차가 지나간다

졸다 눈뜬 창밖에 장의차가 지나간다 느리게
버스 안은 살아 있는 사람들로 가득하다 귀찮은 물건이라는 듯 몸을 늘어뜨린
사람들은 손에 하나씩 젖은 손수건을 쥐고 있다
장의차는 아직 폐차되지 않았었다!
그렇다 잊었던 기억은 불쑥 때없이 떠오른다
그것은 잘못 낀 옷소매처럼 몇 번을 뒤집을 때까지
현재의 팔꿈치에 잘 들어맞지 않는다
슬픔의 악력인가 더위의 악력인가, 장의차 안의 상제들은 등이 구부러져 있다
이제 아무것도 그 속에 누운 자를 놀라 일어나게 할 수 없는
휴식의 단단한 관에서도 식은땀 냄새가 난다
그러나 관 속에선 손에 쥘 손수건 따위는 필요치 않다
그것은 살아 있는 사람이나 쥐어야 할 거추장스러운 도구일 뿐이다
관 속에 누운 자는 우리가 맨 처음 그리는 꽃병 한 폭의 정물화로 돌아간 것이다
죽음은 한여름에도 마룻바닥에 늘어져 잠들지 않는다
익히 아는 누군가의 우울과 어느 누구의 고집 센 성격이 다시 알려지듯
죽음은 섬뜩하기보다는 따분하게 하품하는 사람들 곁을 지난다
한낮에 슬그머니 찾아드는 졸음처럼

지나간다 장의차가 한여름 오후를
아직 폐차되지 않은 죽음이 꾸벅꾸벅 졸면서

지금 나는

성에가 낀 유리창이다
외부의 풍경이 바뀌어도
내 안의 성에가 풍경을 지워버리고
가끔씩 어디만치 왔나 알기 위해
시계탑을 보기 위해
유리창을 문질러 밖을 내다볼 뿐
그렇게 지금 나는
좀처럼 속력이 붙지 않는
이 거대한 합승 마차의 한구석에 앉아 있다

나목

바깥 풍경이 보이지 않게
온몸 잎을 삼켜물어
빈 가지로
창을 닫고
생각에
잠긴다

함구의
한
잎
한
잎

오후 4시의 공원

오후 4시, 나는 타오르는 생의 지루함을 견딜 수 없다
소박한 골목들을 돌아 나는 그 공원을 찾아든다
공원은 아이들의 장소, 늙어가는 짐승처럼 나는, 세월에 다친 몸을 앉힌다
그리고 나는 또 한 마리 죽어가는 짐승이 사람을 등지고 누운 그 벤치를 본다
그의 살림살이는 간소하다
그가 누워 있는 데 필요한 모든 것, 누워 있는 것은 곧 그에게 살아 있는 행위의 모든 것이다, 홑이불을 둘둘 말아 삼은 베개 하나
1.5리터짜리 물병 하나, 나는 어느 날 그가 공원 한구석에 서서, 나는 이때 그가 서 있는 것을 처음 보았는데
마치 그에게 마지막 남은 넉넉한 재산이라는 듯 긴 오줌을 누는 것을 보았다
라디오 한 대, 그가 아주 죽은 물건은 아니라는 것을 입증하기 위해
가끔씩 그의 귀를 곤두서게 하거나 그의 귀를 즐겁게 할
한 벤치 위에선 젊은 사내가 끊임없이 노래 부른다
낯선 사람의 눈길조차 좋은 악기로 삼는 그는 금세기 최고의 노래들을 불러대는 것이다
언젠가는 알게 될 거야 세월이 흐른 뒤에……
그 공원에는 또 내가 아는 여자가 하나 있는데
그녀는 나보다 한 발짝 늦게, 그 공원을 찾아오곤 한다
그렇다고 그녀가 누구를 만나러 오는 것은 아니다

그저 멍하니 앉아 있다가 잊었던 기억을 되찾은 듯 시계를 들여다보고는

올 때와 같은 느린 걸음걸이로 가버리는 것이 고작이었다

어느 날 나는 그들이 모두 떠나버린 것을 알았다

떠난다는 것은, 나는 보았다 낯익은 책들이 흩어진 책상 위에 느닷없이 펼쳐져 있는 이국어 교습서를,

시간의 몰이꾼들이 우연히 그들 행로에 섞여든 자들의 등을 가차없이 떠미는 것이다

그러면서 그들은 뒤에 거대한 안개, 그것은 시간이 부리는 기교다, 를 만들어놓는다

떠나는 자들이 뒷걸음치거나 뒤돌아볼 수 없게

돌아다본들 어쩌겠는가

떠난 자들은 다만 그들이 안개 속을 빠져나왔다는 것밖에는 알 수 없을 테니

그들은 의연히 그들의 길을 가야 한다

나 역시, 뒤돌아보면 숱한 무덤들뿐이다

나 이제 다짐하니, 나 이제 시간에 어긋나는 환상일랑은 버리기로 하겠다, 나 이제 떠난 자들에 대해서는 생각하지 않겠다

나는 시간의 몰이꾼들과 함께 가겠다 함께 갈 수 없는 사람과 추억, 걸맞지 않은 욕망들의 수없는 무덤을 묻으면서

이윽고 내 몸을 묻을 최후의 무덤만이 남게 될 그 간소

한 미래의 어느 날까지

휴지 같은 이 인생

비바 70미터 두루마리 휴지를 손에 들고
허술히 굴러가는 휴지의 몸통과 아무 저항 없이 풀리고 찢기는
휴지의 살집이 가진 단순성에 대해 생각해본다
말면 말리고 풀면 풀리는 헐값의 생
때로 생활이 단조롭고 지루한 누군가의 눈이
이 두루마리 휴지가 가진 흔치 않은 미덕을 발견한다면
이리저리 굴리고 다시 말면서 당분간의 재밋거리로 삼을 수도 있으리라

그러나 어이없어라
버려지는 휴지심의 볼품없는 몸통을 보라
그토록 그를 고달프게 했던 살집이 결국은 그의 것도 아니었음을

오, 가엾은 비눗갑들

비눗갑 속에 담긴 문드러진 비누의 몰골을 볼 때면
지금 그 비눗갑이 느끼고 있을 슬픔을 알 것 같다
누구에게나 그렇듯 대부분의 새 비눗갑들에
처음 얹혀지는 비누는 탄탄한 비누여서
보기에 따라서는 비누가 비눗갑 안에 담긴 것이 아니라
비눗갑의 숨통을 누르고 앉은 것처럼 보일 지경이다
마침 몸에 잘 맞는 아내를 얻은 듯 그때 비눗갑은 얼마나 행복해 보이던가?
그러나 뭇사람의 손때가 묻고 물만 닿아도 녹아나는
비눗갑이 일찍이 상상해본 적이 없는 비누의 허약한 체질은
얼마나 비눗갑을 놀라게 하고 실망에 빠지게 했을 것인가?
나날이 작아지는 비누들 나날이 풀어지는 관념의 물컹한 살집들
오, 가엾은 비눗갑들이여, 그대들은 비누에 대해
얼마나 순진한 기대와 어리석은 집념을 품고 있었던가?
한 개의 비누만을 담았던 비눗갑이란 이 세상에선 거의 찾아볼 수 없다
더러, 젊거나 어린 나이에, 불의의 사고로 망가지는 비눗갑은 유감스럽지만 흙속 깊이 버려지곤 한다

경험이 많은 비눗갑들이여, 온갖 비누치레에 닳아빠지

고 몸을 더럽힌

그럼에도 오래 건재하는 비눗갑들이여, 그쯤이면 평안할 수 있는 건지

쓰레기차는 청소부를 배반하기도 한다

내리막길에서 그의 다리는 후들거린다
이럴 줄 몰랐던 건 아니지만 그는 두렵다
잠시 멈춰 서서 그는 그가 용케 끌고 온 괴상한 무게를 돌아다본다
아아, 숨을 내쉬는 그의 입이 벌어진다, 벅찬 삶, 쓰레기, 연탄 더미들
벌름대는 코와 다물어지지 않는 입 속으로 마치 그를 치하하듯
흙먼지만 무심히 날아든다
이 길에선 많은 쓰레기차가 애꿎은 청소부를 배반하곤 한다
매일의 신문은 배반당한 청소부들의 죽음을 활자 하치장에 버린다

나의 저녁 식탁은

하루를 끝낸 나의 저녁 식탁은 풍성하다
내 앞에는 푸짐한 비애의 접시들이 놓여 있다
나는 그것을 다 비우지 못한다
찬밥으로 쌓이거나 버려지기도 하는 비애의 찌꺼기들이여
나를 살찌우기 위해, 내 피의 따뜻한 선회를 위해, 내 메마른 영혼의 적절한 수분을 위해
내 앞에 정성스럽게 차려진 비애의 메뉴들, 매일의 저녁 식탁이여

그 집

그 집을 아는가?
평화롭고 고요한 그 집
함부로 속을 드러내는 법이 없는 그 집
문이 열려야 조금 안이 들여다보이는 그 집
연립주택 아파트 단독주택 주어진 자신의 외관에 조용히 순종하는 그 집
낮에는 빨래가 널리고 밤에는 불이 켜지고
식기 달그락거리는 소리와 어김없는 그 일일연속극의 주제가가 들려오는 그 집
하루도 빠짐없이 요구르트와 신문이 배달되고 청소원이 청소비를 받으러 오는 그 집
문득, 자정 지나 귀가하는 누군가의 은밀한 발자국 소리가 계단을 울리는 그 집
대낮의 햇빛 아래 우르르 사람들이 쏟아져나오는
떠들썩한 작별의 문턱을 가진 그 집
느닷없는 조등(吊燈)이 걸리고 하얀 장의차가 오래 떠나지 못하는 그 집
다른 집과 다름이 없는 그 집
언제나 집다운 집이기 위해 눈물겨웠던 그 집
언제나 집을 도망치고 싶은 충동을 억눌러왔던 그 집
밤새 무너지지 않았으므로 아무 일 없는 그 집
아아, 튼튼한, 질긴, 그 집, 천재지변이 아니면 무너지지 않을
그 집이 무너지고 나서야 사람들은 무너진 그 집을 보

게 되리
　폐허의 불어터진 면발을 맛보게 되리

역에서

한 시간 간격의 기차가 오고
밀려나가고
밀려들어오는 사람들

나를 지나간 것은

빈자리가 없는
정각 여덟시 오분발 기차

사람들

열린 개찰구를 닫아놓고 간 한순간

나를
지나간 것은

빈 시골역 몇 분 간 정 적

다 쓰여진 치약에게

쥐어짜고 쥐어짜다
안 되면 자른다
자르고 또 쥐어짜낸다
옹색한 살림살이를 가진 이 세상이
마지막 진액까지
쥐어짜내진
말라붙은 육신 한갓 껍데기
하필 가난한 집에 팔려와
죽도록 고생만 하다 가는구나
기박한 일생이여

이 가을의 그 카페 앞

그러고 보면 가을은 좋은 계절인가봐
넓고 불빛이 환한 그 카페 앞을 지날 때면 알 수 있다
발등에까지 튀어오르는 크고 작은 온갖 형태의 벌레들이
얼마나 분주하게 가을을 즐기고 있는가를
그러나 놀라운 건 그들이 매일의 미각을 즐기듯 생을 즐기려는 순간에
그 어느 때보다도 인색한 죽음이 그들의 뒷덜미를 낚아챈다는 사실이다
왜냐하면 그 길 위에서는 불운한 꽃처럼 짓이겨진
바로 그 벌레들의 사체가 발견되기 때문이다
오오 징그러운 저 버러지들! 그들은 결코 멸종되지 않는다
그들 종의 흔한 주검을 보면서도 그들은 생의 의욕을 멈추지 않는다
나는 그들에게 진심으로 충고하고 싶다, 가을에 대한 천진한 믿음을 버리라고
그러지 않으면 가을은 번번이 그들에게 포도 껍질 같은 죽음만을 선사할 테니
그 카페 앞을 지날 때 나는 긴장감에 몸을 움츠린다
아무런 적의 없이, 단지 생각에 잠긴 내 발이 잠시 무거웠다는 것만으로,
나는 그들의 죽음에 아니 삶에 서툰 흔적을 남기고 싶지는 않기 때문이다

수저와 어머니

어머니가 식탁에서 수저를 떨어뜨리면
어머니가 그것을 주워 드신다
내가 식탁에서 수저를 떨어뜨리면
어머니가 다시 그것을 주워 주신다
내가 부주의하게 떨어뜨린 수저의 개수만큼
허리를 굽히신 어머니

검은색은 때로 내게 공포를 준다

자다 깬 방의 느닷없는 검은 어둠
거울에 비친 내 젖은 검은 머리카락, 검은 지렁이들이
우글대는
계단을 밀려올라가는 아아 저 숱한 검은 머리통들
광고 사진 속에 모여 있는 날렵한 검은 구두들
음흉한 욕정처럼 번들거리는 검은 프라이팬
아무 일도 생기지 않는 검은 토요일
어두운 구석에 웅크리고 있는, 이제 곧 버려질 검은 쓰
레기봉투들
모든 장해를 짓밟고 내달리는 검은 차바퀴
문틈으로 기회를 엿보고 있는, 멸종되지 않는 검은 바
퀴벌레들
어느 날인가, 떼지어 입은 검은 상복
아아 마주치는 뜻 모를 검은 눈들
흰 종이 위에 살아야 한다 잘 살아야 한다 잃지 말고 살아
야 한다
너무 선명한 검은 글씨들
한동안 환해지지 않는 극장의 검은 영사막, 검은색의
교묘히 감춰져 있는 저 악의
빈틈없이 감추고 가둬두는 검은색의 안정과 평화
원색의 쾌락과 선부른 희망을 거부하는 무표정, 저 야
심만만한 독재자의 얼굴
검은색을 비관하지 않는 검은색, 존재의 그 단호한 표정
모든 색을 담아내는 저 천연덕스러움

흰 종이 위에 엎어진 검은 잉크가 번진다 보라, 검은색의 분포도 도심에서 벽지까지

그럴 수 있다면, 차라리,

나는 검은색의 아내가 되고 싶다

제왕을 닮은 검은, 마침내 제왕보다도 검을, 왕자를 낳고 싶다

더러운, 아니, 깔끔한,

그르릉그르릉거리며 변기는
잦은 배설물을 삼킨다
한꺼번에 삼키기엔 제 명을 그르치는 많은 양인데도
그는 감쪽같다, 봐라 그의 거만하게 빛나는 하얀 육체
불륜의 애인을 만나고 돌아와 다시 가족이 되는 저 처자의 태연자약한 얼굴처럼
그는 어쩌다 저리도 당돌한 꿈을 꾸게 되었을까?
그는 제 존재에 들러붙은 더러운 운명을 부인한다
그 존재의 바닥 깊이 쌓인 엄청난 배설물에 스스로 찌들어가면서
속이려 들지 말아라 비난받아 마땅한 변기여, 나의 세상이 그렇게 어수룩하게 보이던가
나는 좁은 입구 그대 가슴 언저리에 누렇게 멍울진 더께를 본다
그대 가슴을 몇천 번 몇만 번 후비고 들어갔을 더러운 배설물의 흔적을 그 농후한 사기 행각
그대 몸은 오래 젊지 않다 나는 늙고 병든 변기를 본 적이 있다, 더이상 교묘한 사기꾼일 수 없는
그럼에도 불구하고 나는
그 무엇과도 비할 수 없는 변기의 사랑스러움을 안다
더러운, 아니, 깔끔한, 변기의 인생관 그 눈물겨운 사기성을
나는 듣는다 그르렁그르렁
제 가슴의 체적보다 큰 배설물을 단번에 삼키고

한동안 헐떡거리는 변기의 고통을

나쁜 꿈

나쁜 꿈에 잘못 걸려들었다
나는 나쁜 꿈속을 배회하고 또 배회한다
이 나쁜 꿈이 서서히 스미고 자라는 나의 육체는 나의 나쁜 꿈이다
배회가 길수록 내 육체엔 꽃피듯 무성한 나쁜 꿈이 번식하고
나쁜 꿈의 마지막 한 송이까지 활짝 피워낸 내 육체는 쭈글쭈글 시든 껍질만 남아 사라지리라
어느 봄날 햇살이 내리쬐이는 대지 위에서 매료된 내 육체가 나른할 때에도
아주 깨기 힘든 나쁜 꿈을 꾸고 있는 나를 흠칫 보게 되리라

내 인생의 벽보

내 인생의 길지도 짧지도 않은 이 담벼락에 너덜너덜 나붙은 벽보들
비가 오면 그 벽보들은 더러운 흔적을 남기며 지워진다
날이 개고 이미 수없는 벽보들이 지워진 자리에 또다시 나붙는
비슷하거나 조금 다르거나 거기서 거기인 벽보들
이 담벼락의 본얼굴을 나는 본 적이 없다

문학동네포에지 025

오, 가엾은 비눗갑들

초판 인쇄 2021년 7월 23일
초판 발행 2021년 7월 31일

지은이 — 이선영
책임편집 — 유성원
편집 — 김민정 김필균 김동휘 송원경
표지 디자인 — 이기준 백지은
본문 디자인 — 유현아
마케팅 — 정민호 김도윤
홍보 — 김희숙 함유지 김현지 이소정 이미희 박지원
제작 — 강신은 김동욱 임현식
제작처 — 영신사

펴낸곳 — (주)문학동네
펴낸이 — 염현숙
출판등록 — 1993년 10월 22일 제406-2003-000045호
주소 — 10881 경기도 파주시 회동길 210
전자우편 — editor@munhak.com
대표전화 — 031-955-8888 / 팩스 — 031-955-8855
문의전화 — 031-955-3576(마케팅), 031-955-8865(편집)
문학동네카페 — cafe.naver.com/mhdn
트위터 — @munhakdongne
북클럽문학동네 — bookclubmunhak.com

ISBN 978-89-546-8005-9 03810

www.munhak.com

문학동네